했으나
하지 않은 날들이 좋았다

몽골이 내게 준 말들

떠나와서도 나는 온통 떠날 생각뿐이었다. 어디엔가 흘리고 온 가방의 안부를
생각하기도 했다. 무엇을 했으나, 아무것도 하지 않는 날들이 좋았다.

몽골이 내게 준 말들

했으나
하지 않은 날들이 좋았다

강회진 지음

문학들

차례

Prologue

울란바타르 13구역, 게스트 인생

될 대로 되라지, 아무것도 하지 않을 자유가 내게는 있는 것, 내게 여행의 노하우는 없다. 그냥 하고 싶은 대로. 내가 가는 곳이 길이다. 가지 않고는 아무 일도 일어나지 않고, 아무도 만날 수 없다. 물론 이제는 아무나 만나고 싶지 않다. 누군가 그랬다. 방황과 여행의 차이를 아느냐고. 바보는 방황을 하고, 현명한 자는 여행을 떠난다고.

사주에 역마살이 있다고 처음 들은 날, 호랑이생 여우 소녀인 나는 이상하게도 심장이 평소보다 쿵쿵 더 크게 울리는 것을 느꼈다. 이 복된 저주라니. 고된 고행의 여행자인 붓다와 예수까지는 아니더라도 저 먼 시절 두보나 이백, 김삿갓처럼 사는 것도 나쁘지 않다는 생각이 들었다. 유배, 위리안치, 고독하다는 말은 아픈 말이지만 얼마나 멋진 말인가. 게다가 "온 세계가 유배지인 사람은 완벽한 사람이다."라는 말도 있지 않은가.

여기는 바람과 초원과 사막의 나라 몽골, 몽골은 남한의 17배 큰 나라다. 붉은 영웅이라는 뜻을 가진 몽골의 수도 울란바

타르 13구역, 게스트하우스 6층 604호. 나는 이곳에서 여름과 가을 그리고 겨울 세 계절을 보낼 것이다. 북극곰처럼 겨울을 기다리며 잠을 자는 것도 나쁘지 않을 거라 생각했다.

나는 위험한 사람이었다. 나도 모르는 사이 나는 위험한 사람이 되어 버렸다. 한마디 변명조차 할 기회도 없었다. 싸움조차 해 보지 못하고 찢긴 나는 갈 곳이 없었다. 아무도 내 편은 없었다. 젊은 날 밤을 새워 읽었던 그 잘난 철학자라 일컫는 자들의 논리는 아무런 위안이 되지 못했다. 아무려나, 그들에게 나는 위험한 여자였으므로. 비정규직이었던 나는 정규직과는 다른 룰이 있다는 것을 그제야 깨닫게 된 것이다. 가까웠던 사람들과 인사조차 나누지 못하고, 혹여 누군가에게 들킬까 봐 상처를 꽁꽁 싸맨 후 서둘러 떠나왔다. 다행히 그들은 나에게 왜 그 먼 나라까지 가느냐고 묻지 않았다. 도착 후 일주일 내내 잠만 잤다. 내가 겪은 일들이었으나 도대체 무슨 일이 벌어진 것인지 해독

할 수 없었다. 어느 누구에게도 말하지 못하는 내 상황들을 견딜 수가 없었다.

더 이상 누군가를 이해하고, 누군가를 이해시키고 싶지도 않았다. 낮에는 블라인드와 커튼을 친 방 한구석에 앉아 다리 사이에 고개를 깊게 묻고 한참을 울었다. 울다 지치면 독한 몽골 보드카와 맥주를 마셔 댔다. 그때마다 아득히 기차 지나는 소리가 들렸다. 저 먼 러시아나 중국으로 향하는 기차의 가늘고 긴 기적 소리. 그 소리를 들으며 까무룩 잠이 들었다. 그런 밤이면 낯선 어딘가를 한참 헤매다 소스라치듯 깨어나곤 했다.

일곱 밤이 지난 아침, 밖에서 두런두런 한국말이 들려왔다. 이 낯선 곳에서 한국 말 소리가 들리다니? 호기심에 창문을 열고 밖을 내다보니 몽골 남자 서너 명이 공사판에 모여 앉아 이야기를 나누고 있었다. 알아들을 수 없는 말들이었다. 몽골 속에서 나는 한국을 그리워하고 있었던 것이다. 나에게 상처를 준 곳을 그리워하고 있었던 것이다. 다시 침대 속으로 기어들어 가 누워 있는데 갑자기 눈물이 흘러내렸다. 문득, 어차피 여기까지 온 이상, 더 이상 피하지 않으리라 생각했다. 나는 나에게 미.안.하다. 고 속삭였다. 머리맡을 더듬어 손목시계를 찾아 몽골 시간에 맞춰 시계 바늘을 돌렸다. 그리고 조용히, 자리를 털고 일어나 문을 열고 밖으로 나갔다.

뜨거운 바람이 온몸에 감기었다. 여름이 오고 있었다. 이제 떠나온 곳은 '그곳'이 되었다.

#너라는 충동

나를 벌 주는 것은 나의 오래된 쾌락

너라는 관계에 대한 중독을 치료하는
병원이나 센터는 없다
지상의 거대한 병동은
이미 소통 중독, 일상 바이러스에
감염되어 있기 때문,
때문이 있다는 건 얼마나
쉽고 안락한가
내가 너를 사랑하고 그리워하는 건
다 너 때문이다
그러니 작별은 너 때문에
벌어진 사고다
사건이다

#그리고 바람은 다시 제 갈 길로 간다

어쩌다 보니 사십. 인생에 가이드북은 없다. 나의 여행에도 가이드북은 없다. 단지 지도 한 장 펼쳐 놓고 길을 찾아가는 것. 목적지가 없어도 좋고, 길이 없어도 좋다. 가장 아름다운 곳은 아무에게도 알려지지 않은 곳이리니, 그곳을 찾아가는 것, 그것이 여행이다.

어렸을 때부터 유난히 길에 대한 집착이 심했다. 울울창창 나무들과 친좁게 유년을 보낸 나에게 산 너머로 향한 길은 동경과 두려움이었다. 끝이 보이지 않는 좁고 긴 길을 통해 어디선가 사람들이 흘러왔다가 어디론가 흘러가곤 했다. 나는 자주 그 길을 따라 걷는 꿈을 꾸었다.

루소의 『고백론』 중 다음과 같은 말이 있다. "나는 내 편한 대

로 걷고 내 맘에 드는 곳에서 멈춰 서고 싶다. 화창한 날씨에 아름다운 고장에서 서두르지 않고 맨발로 길을 나서서 한참 가다가 마침내 기분 좋은 것을 얻게 되는 것, 이것이 바로 모든 삶의 방식들 중에서 내 취향에 가장 맞는 것이다." 여행과 길에 대한 가장 아름다운 정의라 생각한다. 내가 원하는 길 떠남 역시 이와 같기를 바란다.

길은 떠나기 위해 존재하는 것이 아니라 돌아오기 위해 존재한다는 말이 있다. 아니 어쩌면 모든 길은 하나이므로 처음부터 떠나고 돌아오는 자체는 없는 것인지도 모른다. 나무들 사이 바람이 나뭇잎을 흔들며 제 갈길을 가듯 나도 묵묵히 내 길을 찾아 떠나고 싶다.

#부베이 부베이

두려워 말아라

아홉 날씩 아홉 번의 겨울 밤이 지나면
구릉을 지나는 얼음장 같은 물 퍼올릴 수 있지
말을 타고 저 빽빽한 가문비 숲길
바람보다 더 빨리 내달릴 수도 있지
얼음 숲 속 피어나는 보랏빛 야르고이와 눈 맞출 수 있지
달빛이 고요히 우리를 찾아오는 밤의 초원에
한꺼번에 터지는 알싸한 야생 부추 향기를 떠올려 보렴
향기를 베개 삼아 털 보송한 어린 양들도 태어나겠지
부베이 부베이 곧 봄이 올 거야
천장에서 똑똑 고드름이 울고 있는 밤 그러나
두려워 말아라 두려워 말아라

#자작나무 안부

울란바타르 도심에서 북동쪽으로 80㎞를 가면 테를지 국립공원이 있다. 봄이면 흐드러지게 핀 야생화가 아름다운 곳, 밤이면 하늘에 별들이 뚝뚝 피어나는 곳.

아침 일찍 숙소 근처 숲 속을 걷다가 말라죽은 자작나무 둥치를 만났다. 옛 사람들은 자작나무 껍질에 그림을 그리고 글씨를 썼다지. 자작나무가 흔한 시베리아나 북방의 나라에서는 자작나무 껍질에 사랑하는 사람을 향한 그리움을 새겼다던 이야기를 들은 적이 있다. 자작나무 연서는 천년을 간다는 이야기도 들었다. 긴 세월 몽골의 바람과 햇살과 눈과 비를 견뎠을 고귀한 자작나

무. 고귀하다는 것은 자신을 함부로 내던지지 않는다는 말과 같다. 어둠 속에서도 간신히 버티는 수직의 흰 불꽃들.

난로 가에 앉아 자작나무 마른 껍질들을 벗긴 후 정성껏 손질하여 그 안에 당신의 이름을 새긴다. 글자에도 보이지 않는 힘이 있다지. 그렇다면 지금 이 간절한 마음도 당신에게 가 닿을 수 있을까? 오직, 단지, 당신이어야만 했던 그 뜨거운 시절들이 자작나무로 옮겨가는 순간이었다.

그러나 나는 이제 당신이 그립지 않다. 당신의 이름을 새기는 내 가슴은 이제는 설레지 않는다. 이미 긴긴 세월, 그대와 이웃해서 살아왔으므로. 내 안에 이미 그대가 살고 있으므로.

#암사슴 같고 늑대 같은

몽골 사람들은 늑대와 암사슴 사이에서 조상이 태어났다고 믿는다. 암사슴 같다는 말은 가장 예쁘다는 말. 늑대 같다는 말은 가장 용감하고 멋지다는 말.

여행길 좌판에서는 가끔 동물의 뼛조각을 볼 수 있다. 몸에 지니고 다니면 용감해진다는 속설이 있어서인지 젊은 사내들은 주머니에 넣고 다니거나 목에 걸고 다니기도 한다. 때로 늑대처럼 용감해진 그들은 바람을 뚫고 암사슴을 찾아 어디론가 사라졌다가 뼛조각에 입을 맞추며 돌아오곤 했다.

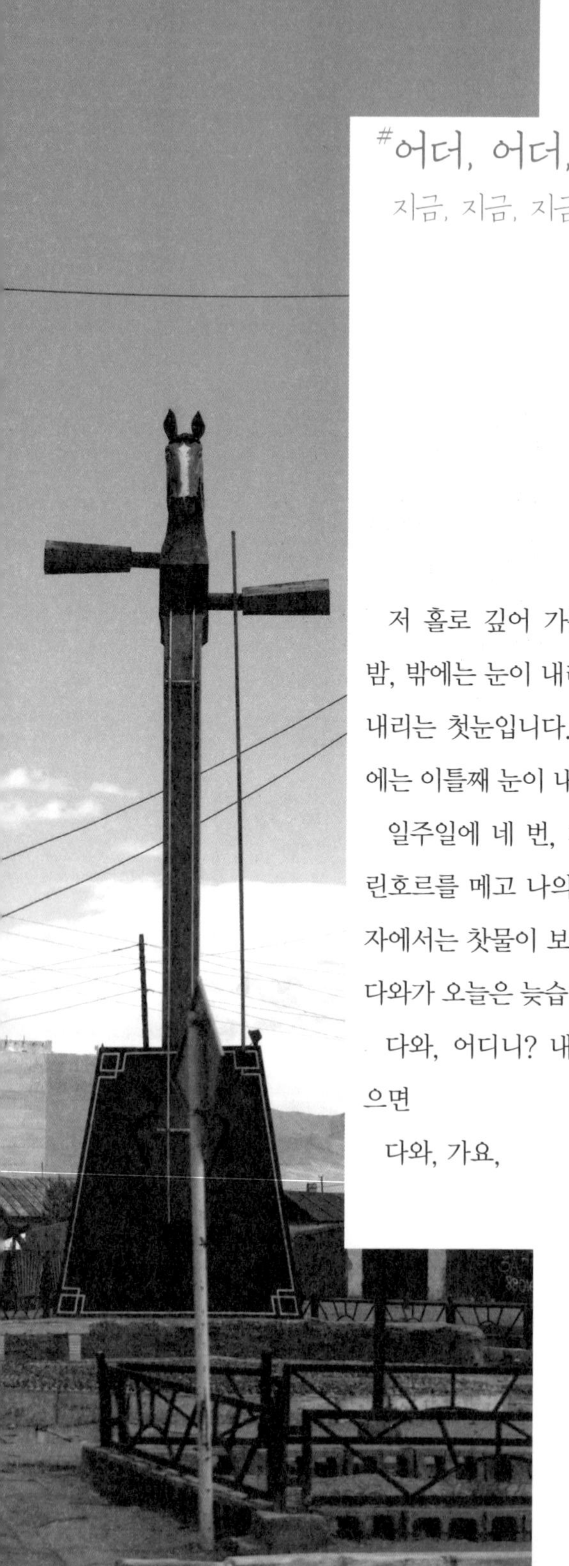

#어더, 어더, 어더

지금, 지금, 지금

저 홀로 깊어 가는 몽골의 밤. 울란의 밤, 밖에는 눈이 내리고 있습니다. 울면서 내리는 첫눈입니다. 잊으라, 잊으라 창밖에는 이틀째 눈이 내리고 있습니다.

일주일에 네 번, 저녁 7시면 다와는 머린호르를 메고 나의 집으로 옵니다. 주전자에서는 찻물이 보글보글 넘치고 있는데 다와가 오늘은 늦습니다.

다와, 어디니? 내가 서툰 몽골말로 물으면

다와, 가요,

전화기 넘어 다와가 서툰 한국말로 답합니다.

나는 소리 내어 웃습니다.

현관에 들어선 다와의 머리와 어깨에 눈이 쌓여 있네요. 차거운 눈 냄새와 함께 멀리 초원을 헤맸을 바람이 훅 끼쳐와 잠깐, 어질머리가 일었습니다. 다와는 창틀에 걸터앉아 머린호르를 켭니다. 오늘 같은 날은 눈 내리는 소리가 어울린다나요? 머린호르를 배운 지 한 달이 지났건만 나는 여전히 다와의 연주를 듣는 것이 좋습니다.

어더, 어더, 어더. 지금, 지금, 지금. 춤을 추듯 창밖에 눈이 내립니다. 그곳에도 지금 눈이 내리나요? 우리는 연결되어 있다는 것을 믿나요? 지금 여기는 울란바타르입니다.

#염소들의 가족계획

검고 단단하게 생긴 뿔을 가진 염소 몇 마리가 낡은 가죽 앞치마를 입고 돌아다닌다. 염소를 모는 아이에게 물으니 빨개진 얼굴로 수줍게 답한다.

"훅(khog)이라고 불러요. 염소들의 전통 옷이죠."

그러니까 저 앞치마는 숫염소가 암염소에게 쉽게 올라타는 것을 막기 위해 염소를 지키는 목동들이 발명해 낸 것이었다.

혹독한 날씨에 태어난 짐승들의 새끼는 죽을 확률이 높을 뿐 아니라 어미의 목숨까지도 위험하게 만든다. 겨우내 어미는 젖을 만들어 내야 하고 자신의 건강도 지켜야 하기 때문이다. 먹을거리가 충분하지 않은 겨울은 어미에게도 새끼에게도 견디기 힘든 계절인 것이다.

#구름 그림

몽골에서 가장 많이 하는 말은 바로 "우와, 저 구름 좀 보아"라이다. 길을 걷다가 들꽃이 가득한 초원에 아무렇게나 누워 하늘을 보고 있노라면 구름은 끝없이 다양한 모양을 그려 낸다. 양 떼가 되어 우르르 어디론가 달려가기도 하고 몽글몽글 새 떼가 되어 날아가기도 한다.

몽골에서 구름 그늘을 처음 보았다. 구름이 사막에 그린 가장 큰 그림, 그 구름 그림을 베고 누워 있으면 순간으로 영원을 살 수도 있을 것만 같았다.

아, 저토록 놀라운 구름 그림들.

#겨울밤, 모린호르를 켜다

몽골에 가면 꼭 해 보고 싶은 일이 있었다. 어언 10년 동안 머릿속에서 지워지지 않는 그 풍경들을 꼭 그려 보고 싶었다. 그러려면 우선 '초원의 첼로'라는 모린호르를 배워야 했다. 몽골의 바람과 몽골의 초원, 그리고 말의 영혼을 전설로 가진 모린호르 연주라니. 나는 일주일에 네 번씩, 18년의 모린호르 연주 경력을 가진 서른 남짓의 청년 다와에게 속성으로 모린호르를 배웠다. 악기 연주나 악보 읽기에 젬병인 나는 가늘고 긴 두 줄에서 굵고 묵직하면서도 긴 울림을 내는 모린호르가 마냥 신기

했다. 다와는 가끔 나에게 말발굽 소리나 낙타 울음 소리, 초원을 쓰다듬는 바람 소리를 연주해주곤 했다.

드디어 악보를 보며 혼자 연주를–간신히 소리만 내는 수준이었지만– 할 수 있게 되었을 때 나는 모린호르를 메고 울란바타르에서 가장 가까운 복드한 산으로 갔다. 이틀 후면 어언 6개월 동안의 몽골 생활을 접고 귀국이었다. 영하 30도가 넘는 겨울밤이었고 눈이 많이 내리는 날이었다. 캠프장은 텅 비어 있었다. 타국의 여자 혼자 잠을 자러 왔다니 신기하다는 듯 나를 바라보던 캠

프장 주인은 선심 쓰듯 많은 장작을 가져다 한쪽에 쌓아 놓았다.

난로에 장작불을 지폈다. 촛불을 켜고 그리운 이들에게 안부를 전하는 짧은 엽서를 썼다. 그렁그렁 장작이 타는 난로 위에는 감자가 노릇노릇 익어 가고 있었다. 게르 문 앞엔 하얀 눈이 소복이 쌓이고 가끔씩 문으로 들이치는 눈바람, 가만 귀를 기울이면 멀리 뒷산에서 윙윙 시베리아 낙엽송들이 울어 대는 소리가 들렸다. 눈 쌓인 마른 나무 숲을 휘돌아 나오는 바람에게는 시린 눈 내음이 묻어 있었다. 바람은 허름한 나무 문틈을 타고 게르 안으로 들어와 잠 못 들고 누워 있는 내 몸을 한 바퀴 휘돌다 나간다. 긴긴 겨울밤. 몽골 초원에 부는 바람은 모두 고독하다.

의식을 치르듯 나는 모린호르를 꺼내들었다. 완벽한 어둠 속에서 두 줄의 현이 활과 부딪쳐 둥근 바람 소리를 만들어 냈다. 아무리 생각해 보아도 알 수 없는 머나먼 데서 달려와, 또 어디

론지 만 리나 넘는 거리를 이끌고 가는 고독한 저 소리, 저 한밤의 바람 소리, 전생에 나는 바람이었을지도 모른다. 가없는 초원을 흐르다가 그대의 얼굴 한 번 쓰다듬은 인연으로 나는 바람이 부는 이 깊은 밤, 홀로 깨어 그대를 이토록 그리워하는 것인지도 모른다. 흐르는 바람에 얼굴 한 번 스친 인연으로 그대 또한 나처럼 잠을 이루지 못한 채, 아득한 생각에 잠겨 이 한밤을 꼬박 뜬눈으로 밝히는가. 그러니 내가 할 수 있는 일이란 이렇게 묵묵히 밤이 깊어 가는 것을 지켜보는 수밖에.

이제 더 이상 아쉬울 것이 없다는 몽골에서의 마지막 밤은 깊어 갔다. 나는 한 번도 경험해 보지 못한 그런 감동으로 쉽게 잠을 잘 수가 없었다. 지금도 가끔 둥근 게르 안에 앉아 홀로 모린호르를 켜는 꿈을 꾸곤 한다.

#그래도 인연

어디에 무게를 두고 살아가고 있는 것일까, 심리적 허기를 견딜 수가 없었다. 내 가치를 확인받고 인정받고 싶은 욕구가 번번이 불발로 그치던 순간들, 깊은 상처를 입고 갈망해 온 삶이 결국 내 것이 될 수 없다는 것을 다시 한 번 확인하는 순간 치밀어 오르는 허기.

나는 밖으로 나갔다. 차창 너머 펼쳐진 풍경들은 꽁꽁 얼어 있었다. 들판에는 눈이 폭폭 내려 있었다. 어쩐지 위안이 되었다. 그래, 초원의 계절이 지나 눈의 계절이 왔듯이, 이 계절이 지나면 다시 푸르름의 계절이 올 것이다. 겨울 땅은 잠시 눈을 감고 있는 것일 뿐.

그리움을 해결하는 방법은 다시 만나거나 잊거나 둘 중 하나라지요. 허나 잊을 수도 없고 만날 수도 없는 당신, 이 긴 겨울 잠시 쉬었다가 봄이 오면 다시 애틋하게 만나기로 해요.

#똥! 받으세요

헨티 초원은 야생화가 아름답기로 유명하다. 초여름 야생화를 보겠다고 초원을 헤매다 결국 밤이 되고 말았다. 마땅한 숙소를 찾지 못해 텐트를 치기로 했다. 생각지도 못한 초원에서의 밤이라니, 묘한 흥분과 기대에 주위 풍경들이 신비롭게 보일 지경이었다. 칠월 보름이니 밤이 되어도 그리 춥지 않을 것이라는 생각했다. 그러나 이게 웬일, 해가 지기도 전에 으슬으슬 한기가 돌기 시작했다. 예상치 못한 기온 변화에 당황해하는 내게 동행한 몽골 친구가 땅을 파면서 땔감을 구해 오라 했다.

이 막막한 초원에서 땔감이라니? 어디서 무얼 구해 오라는 말이지?

망설이는 내게 그가 말했다.

잘 살펴보면 말똥들이 있을 것이다.

말 또옹??? 지금 나보고 말똥을 주워 오란 말이냐?

초원에서 말똥만 한 훌륭한 땔감은 없다. 말똥이 안 보이면 소똥이라도 주워 와라.

여행길 스치며 본 집 마당에 그득 쌓여 있던 말똥이 생각났다. 흙과 이겨 만든 말똥 담을 본 기억도 났다.

공기는 점점 차가워지기 시작했다. 이러다가 얼어 죽는 수도 있겠다 싶었다. 들판을 이리저리 뛰어다니며 옷 앞섶에 잘 마른 말똥을 부지런히 주워 담았다. 똥이 똥으로 보이지 않았다.

자, 귀한 똥! 받으세요.

그날 밤 우리는 향긋한 말똥 모닥불을 배경 삼아 밤하늘의 별과 달과 초원의 바람을 마셨다. 완벽한 보름달이 서서히 흘러내리자 초원은 둥글게 부풀어 올랐다. 아름답고 거룩한 풍경이었다. 초원에 아무렇게나 누워서도 별과 달을 볼 수 있는 곳, 둥근 초원이 숨 쉬는 소리에 심장까지 덩달아 쿵쿵대던 그런 밤이었다.

#아무것도 하지 않는 날

나는 위대해진다

몽골에 온 지 두 달이 지났다. 대부분의 시간은 집에서 그림을 그리거나 노트북으로 한국의 라디오 음악방송을 들었다. 아는 이 아무도 없는 완벽한 혼자만의 공간에서 혼자만의 시간을 야금야금 갉아먹었다. 그도 지치면 숙소 건너편 울란바타르 대학교 도서관에서 철 지난 문학잡지를 빌려와 뒤적이곤 했다. 글자들이 풀 수 없는 암호로 다가오기도 했다.

가끔은 몽골 시인의 시를 읽다가 마음에 드는 구절을 나직이 암송하기도 했다.

숲 속에 사는 사람들이라는 뜻을 지닌 이름의 담딘수렌 우리앙카이(Damdinsuren Uriankhai)의 시에서는 쓸쓸하지만 견고한 초원과 바람의 냄새가 났다.

그리고 몽골은

나는 잊혀지지 않는 고통을 견딘다.
눈물도 없이!
인간의 삶 속에는 고통만큼이나 오래된 것이 있다.
보이지 않는 부처처럼 맑은 것이.
어떻게 견뎌야 할까,

내가 몽골의 아름다움을 알면 알수록

오늘과 같은 또 다른 슬픔의 하루가 오면.

나는 폭발할 준비가 되어 있다.

눈물도 없이 고통을 견디는 시간들, 그러나 내 생의 중심에도 맑은 그 무엇이 있으리라 믿고 싶었다. 날이 풀리면 풀과 야생화가 춤을 추는 초원으로 떠나리라, 밤이 오면 초원 한가운데 앉아 별과 대지와 다정한 눈맞춤과 입맞춤을 하리라, 거짓말처럼 멀리서 달이 떠오른다면 더 좋겠지. 떠나와서도 나는 온통 떠날 생각뿐이었다. 어디엔가 흘리고 온 가방의 안부를 생각하기도 했다.

무엇을 했으나, 아무것도 하지 않는 날들이 좋았다.

그만큼 더 작아진다.

#사랑하기 좋은 곳[好愛場], 이별하기 좋은 곳[好別場]

누군가의 말처럼 한때, 심장이었던, 혈관 속을 뛰어다니는 피였던, 꽃이었던 시절이 있었습니다. 애써 기억하지 않으려 해도 순간순간 가슴 저 아래서부터 파장을 일며 다가오는 그 시절들. 그러나 이미 지나 버린 그 시절들.

이웃 중국에서는 요즘 이별 가게가 성행하고 있다는 소식을 들은 적이 있습니다. 연인과 헤어지는 데 드는 돈은 우리 돈으

로 5만 원. 만나는 것도 어렵지만 헤어지는 것은 더 어려운 일일 것입니다. 마음에 드는 것도 순간이고, 마음에 들지 않는 것도 순간인 것을. 그럼에도 그 순간과 결별하기란 얼마나 어려운 일일까요. 이별 가게를 통해 이별하는 연인들은 어떤 표정으로 이별을 할까 궁금해졌습니다. 이별에도 연습이 필요한 것은 아닐까요?

먼 옛날 연암 박지원은 확 트인 요동 벌판을 지나면서 울기 좋은 곳[好哭場]을 만났다고 했다는데, 저는 오늘 눈 덮인 풍경 속으로 낙타를 몰고 걸어들어 가는 사람들의 뒷모습을 보면서 이별을 하기 좋은 곳[好別場]이 있다면 이런 곳이어도 좋겠다는 생각이 들었습니다. 적어도 서로의 뒷모습을 오래토록 지켜볼 수 있을 테니까요. 그렇다면 사랑하기 좋은 곳[好愛場]도 이곳이겠습니다.

#Deej urguh, 오롯이 그대의 안녕을 위해

초원에 둘러앉아 간단한 음식을 나눠 먹을 때 일입니다. 수태차(말 우유차)를 건네받은 몽골 처자가 갑자기 자리에서 일어났습니다. 주위에 있는 작은 바위에 올라 선 그녀는 약지를 이용해 수태차를 하늘에 세 번 튕겼습니다. 자리로 돌아온 그녀의 얼굴이 환했습니다.

Deej urguh라고 해요. 하늘과 땅과 세상의 모든 사람들을 위해 뿌리는 거예요. 어머니는 매일 아침 우리를 위해 수태차를 만드셨어요. 그러고는 제일 먼저 텡그리(하늘)에 뿌리곤 하셨지요. 우유는 맑고 깨끗한 것을 상징하죠. 우유를 뿌리면서 모든 일이 잘되고, 모든 사람들이 편안하고 건강하고 행복하게 해 달라는 소원을 빌어요. 어렸을 때 어머니께서는 나 혼자만 잘 살고 행복하고 편안하고 건강하게 살 수 있게 해달라고 하면 안 되고 세상의 모든 사람을 생각하며 뿌려야 한다고 말하셨어요.

보이지 않는 그대를 위해 저도 오롯이 그대의 안녕을 기원합니다. 몽골의 초원이 아름다운 이유를 알 것도 같았습니다. 어쩐지 이번 여행에서는 초원에서 한참 길을 잃어도 괜찮을 것 같았습니다.

#기다린다는 것

하루 종일 호숫가에서 풀 뜯다가
해거름 집으로 돌아가는 양 떼들
뒤처진 어린 양 한 마리
왜 다그쳐 데리고 가지 않느냐고 물으니
묵묵히 앞장서 걷던 소년
한 번쯤 길 잃어도 괜찮아요
곧 돌아올 테니까요

#그래서 다행이야

일 년 중 밤이 제일 긴 오늘, 당신 생각이 제일 긴 날. 네가 보고 싶으면 어떻게 하는지 아니? 일부러 생각하지 않아. 그런데, 그래도, 그래도 네가 보고 싶으면 서랍 속에 넣어 둔 엽서와 사진들을 꺼내 보곤 해. 네가 보내 준 그곳의 하늘과 자작나무 숲, 그리고 여름날 초원에 지천으로 피어 있다던 잘 말린 에델바이스, 반듯한 글씨 속에 너의 이야기가, 네가 들어 있다 생각하면 조금은 마음이 따뜻해져.

그래서 다행이야.

#하일다스트, 그리고 영원

다음 생에는 어느 나라에서 태어나고 싶어요? 하일다스트를 향해 오르던 나보다 세 살 어린, 소설을 쓰는 그녀가 물었다. 앞자리에 앉은, 깨끗한 영웅이라는 이름을 가진 몽골 청년은 주저 없이 "몽골이지요."라고 답했다. '다음 생이라는 것이 있을까?' 나는, 잠깐 머뭇거리다 답한다. "일 년 주기로 바꾸고 싶어요. 그렇다면 적어도 남은 생에 사십 곳의 나라에서는 살 수 있겠지요? 한곳에서 오래 사는 것은 자신이 없어요."

숙소 창가에 서면 제일 먼저 눈에 들어오는 곳, 하일다스트. 시내를 둥그렇게 감싸고 있는 산, 그 꼭대기까지 빼곡하게 들어차 있는 집들. 우리식으로 말하자면 산동네, 달동네쯤 되겠다.

젊은 날 서울 생활 때 잠깐 세 들어 살던 집. 빨간 다라이에 앵두나무가 있던 옥탑방. 봄이면 앵두꽃이 피어 골목까지 환한 향기가 따라오던 그 집. 달찬길이라는 이름처럼 밤이면 달이 작은 창문까지 내려와 방 안을 꽉 메우던 집. 지금은 사라지고 없는 금호동 옥탑방.

하일다스트는 몽골 말로 '제일 먼저 녹는다' 라는 뜻이라니 하늘과 가장 가까운 곳이라는 말이겠다. 그러니 가난한 동네에 한 자의 눈이 내려도 걱정 없겠다. 굽이진 언덕을 내려오는 길, 소박하고 다양한 무늬를 가진 나무 대문들. 영원을 상징한다는 울지 문양의 대문을 품은 집들이 좁장한 어깨를 맞대고 있었다.

#길이 끝나는 곳에서 길은 시작되고

오래된 사원을 찾아가는 길. 늦은 여름 밤이었고 3일 동안 비가 내린 후였다. 목적지까지 7㎞가 남았다는 이정표를 보고 무작정 운전기사를 몰아세웠다. 초원을 가로지르는 길이니 넉넉잡아 30분이면 될 것이라 생각했으나 3시간이 지나도 사원은 나타나지 않았다. 덜컥 겁이 났다. 몽골에서의 거리 측정은 처음부터 불가능한 것이었음을 알았어야 했다.

사방이 어두워지고

달빛이 초원 위로 가만가만 흘러내리고 있었다. 어둠 속에 길은 보이지 않았다. 운전기사는 더 이상 갈 수 없다는 듯 초원 한복판에 차를 세웠다.

지친 일행들은 갑갑한 차에서 내려 비릿한 풀 향기가 나는 초원으로 흩어졌다.

그때 누군가가 풍등을 날리자고 했다. 풍등이 쉬 꺼지지 않고 오래 날아가면 소원이 이루어질 것이라고 했다. 촛불을 매단 풍등이 허공에 길을 뚫고 어둠을 가르며 날아올랐다.

함께 날리던 그 풍등에 무슨 소원을 적었는지 지금은 생각나지 않는다. 단지, 풍등을 날린 후 우리는 기적처럼 길을 찾아 사원에 들 수 있었다. 그때 알았다. 초원에는 길이 없다. 그래서 초원은 온통 길인 것이다.

#오늘, 그대 나를 위안 삼아 아프지 말아요

생의 비극을 모르고 지나쳐도 되는 사람이 있고, 반드시 거쳐야만 살 수 있는 사람이 있다지. 사는 게 막막할 때가 있다. 그러나 단지 그것을 견딜 수 있을 때가 있고 견딜 수 없을 때가 있을 뿐. 그럴 때는 몸보다 마음이 먼저 아파 온다.

더 깊은 어둠 속에 홀로 가만히 앉아 있는 수밖에. 고요 속에서 고요가 더 깊어지듯, 어둠 속에서 어둠이 더욱 깊어지길 바랄 수밖에.

비 온 뒤 하늘은 더 넓어지고 땅은 더 굳어진다는 옛말을 굳이 떠올리지 않아도, 지금 이 순간이 나를 더 단단하게 만들 것이라는 헛된 믿음이라도 갖고 싶은 그런 날.

그러니 오늘, 그대 나를 위안 삼아 아프지 말아요.

#누군가 울고 있는 사막에 앉아 휘파람을 불고 있다

모래바람 불어 길이 자꾸 변하는 사막에서 길을 잃으면 낙타의 발자국을 찾아가면 된다. 바람 불어 낙타의 발자국이 지워지면 유목민들은 조용히 밤이 내리기를 기다렸다가 별을 따라 걷는다.

사막에서 길을 잃은 나는 차라리 온몸을 사막에 맡기고 사막이 우는 소리를 듣는다. 웅웅 사막이 우는 소리는 낙타가 남기고 간 바람의 흔적일까, 나는 문득 프랑스 시인 오르탕스 블루가 쓴 유명한 「사막」이라는 짧은 시가 생각났다.

사막에서 그는
너무도 외로워
때로는 뒷걸음질로 걸었다
자기 앞에 찍힌 발자국을 보려고

첫사랑에 실패하고 심한 열병을 앓던 오르탕스는 사무치는 외로움 속에서 이 시를 썼다고 한다. 아마도 그는 사막의 절대 고독 속을 헤매다 유일한 친구인 자신을 만난 것이리라. 나는 한껏 달궈진 사막에 귀를 댄다. 사막을 횡단하는 수많은 발자국 소리로 내 귀는 부풀어 오른다.

저 멀리 누군가 울고 있는 사막에 앉아 휘파람을 불고 있다. 저녁의 햇살이 사막에 부드럽게 흘러내리고 있었다. 곧 총총 별이 뜰 것이다. 그러면 나는 다시 일어나 길을 떠날 것이다.

#쉿! 조심하세요

몽골 초원을 따라가다 보면 흔히 볼 수 있는 표지판이 있다. 소를 조심하라는 혹은 염소를 조심해 달라는 표지판이 나타나면 어김없이 우르르 길을 건너는 소나 양, 염소 떼를 만날 것이다. 빵빵 아무리 경적을 울려 대도 그러거나 말거나 느긋하게 제 갈 길 가는 무리들을 보고 있노라면 애초부터 이 길은 저들의 길이 아니었나 싶은 생각에 저절로 웃음이 날 것이다.

오늘은, 저 안에 당신 얼굴을 넣어 본다.

쉿! 조심할 걸 그랬어요.

그랬으면 이렇게 한 번에 가슴 무너질 일은 생기지 않았을 것을.

#당신은 나의 solongo(무지개)!

몽골에서는 한국을 솔롱거스라고 부릅니다. solongo가 무지개라는 말이니, 솔롱거스는 무지개가 뜨는 나라라는 뜻이지요. 언제부터, 왜 무지개의 나라라 부르게 되었는지 몽골 친구에게 물으니 그냥 오래전부터 그렇게 불렀다, 라고 답했습니다.

어느 해 여름, 홉스골에서의 일입니다. 게르 문을 열어 놓고 쏟아지는 빗소리를 듣고 있었습니다.

한여름 게르에 투투둑 떨어지는 빗소리는 얼마나 아름답던지요. 그때 밖에서 누군가가 "무지개다!" 소리쳤습니다. 후다닥 맨발로 뛰어나갔습니다. 멀리 호수 위로 거짓말처럼 무지개가 펼쳐지고 있었습니다. 그것도 쌍무지개가 말이지요. 몽골 여행에서 무지개를 보면 좋은 일이 생긴다 했던가요?

비가 지나간 자리, 바람이 지나간 자리, 당신이 지나간 자리, 지나간 것들이 이토록 아름다울 수 있다니요.

당신은 나의 solongo, 순식간에 사라진다 해도 언젠가 비 그치면 다시 만날 것을 믿습니다.

#다정

초원아, 사막아, 바람아 제발
나를 비껴가다오
초원과 초원 사이를 서성이다가
결국 너를 놓치고 말았다
흐르고 흘러 사막에 몸 기댄 그날 밤
텅 빈 사막 울음소리 베고
나는 다정하고 다정하게 울고 말았다

#붉은 여우

본다, 몽골 눈 쌓인 히시건도르 초원
자작나무 그렁그렁 타오르던 밤
살짝 열린 게르 문 틈으로
나를 훔쳐보던 붉은 그림자
흠칫 뒤돌아보던 슬픈 눈
눈 쌓인 초원 바람처럼 내달리던 먼먼 길
거침없이 상처까지 핥으며 걸어가던
붉은 여우, 반짝, 장작불에 빛나던
그날 밤 눈빛 어디로 갔나
하늘의 대지에 닿는 별의 눈빛으로
핏자국 쓱쓱 지우며 가던 붉은 여우는

#슬픈 예감

낯에는 구릉을 지나는 구름을 보았다
주인도 없이 양 떼와 염소들이 구름을 뜯으며
어디론가 흘러가고 있었다
집주인 아들을 따라 찰랑찰랑 강물을 퍼 나르고
앞가슴에 말똥을 주워 담았다
살찐 구름 떼가 어둠을 품고 돌아오자
기다렸다는 듯 달이 떠올랐다
야생 부추의 알싸한 향기를 베고
뻥 뚫린 하늘 아래 누웠다
무엇을 기다리는지도 모른 채
나는 이편에서 저편으로 흘러가는 별들을
오래 지켜보았다
초원을 가르는 말발굽 소리가 가까워졌다가 멀어졌다
무슨 슬픈 예감 같은 것이 다가오고 있었다

#한평생 꽃 지는 일로

일찍이 두보杜甫는 지는 꽃들을 보고 "꽃 한 조각 떨어져도 봄빛이 줄거늘 수만 꽃잎 흩날리니 슬픔을 어이 견디리" 한탄했다지요.

수많은 생명을 품고 있는 작은 꽃들, 숨죽이고 앉아 들여다봅니다. 한때, 어여쁜 당신 곁에서 연분홍 벚꽃이 피고 지는 소리를 들었던가요, 하이얀 배꽃이 피고 지는 소리를 들었던가요, 목련이 살그머니 터지는 봄밤이었던가요.

사부작 사부작 봄비 그친 날, 척박한 겨울 땅 뚫고 제일 먼저 피어오른다는 보랏빛 야르고이를 만났습니다. 당신 곁에서 봄을 보내고 왔는데 이곳은 이제야 들꽃들이 다투어 피어나는 봄입니다.

보랏빛 꽃잎 사이로 당신의 환한 얼굴이 피었다 지곤 합니다. 꽃이 피면 제일 먼저 나를 생각하겠다던 그 약속 아직도 유효한지요? 이렇게 계절을 옮겨 다닐 수 있다면 한평생 봄과 지낼 수도 있겠습니다. 한평생 꽃 지는 일로 마음 아프지는 않겠습니다.

#사쿠라 캠프에서의 아침 식사

홉스골 호수의 크기는 제주도 면적의 1.5배 정도다. 말을 타고 호수를 한 바퀴 도는데 넉넉히 10시간은 걸린다고 한다. 바다가 없는 몽골, 몽골 사람들은 홉스골을 "어머니의 바다"라고 부른다.

게르 문을 열면 바다 같은 호수가 바로 앞에 펼쳐진 이곳, 단언컨대 홉스골에 있는 캠프 중 가장 경관이 좋은 이곳의 이름은 '사쿠라 캠프'다. 이름이 왜 하필 사쿠라인가? 집주인 딸에게

물어보니 캠프를 지을 때 일본 사람들이 홉스골을 많이 찾아왔단다. 이제 한국 사람들이 몽골 여행을 즐기니 "진달래"나 "무궁화"로 캠프 이름을 바꾸는 것이 어떻겠냐고 웃으며 말했다.

우기의 홉스골에서 3박 4일을 묵고 떠나는 날 아침 식사 시간. 집주인 딸이 쟁반에 가지고 온 것은 잘 마른 물고기와 비스켓 몇 개였다.

민물고기를 좋아하지 않는 나는 이게 지금 아침 식사란 말인가? 싶은 생각에 황당하기 그지없었다. 여행길 어느 집 처마에 매달려 있던 물고기의 정체가 바로 이것이었구나. 바다가 없는 몽골에서는 이렇게 민물 생선을 말려서 먹곤 한다던데, 배 속에서는 눈치도 없이 꼬르륵 소리가 났다. 할 수 없이 물고기를 손으로 주욱 찢어 조금 입에 넣어 보았다. 놀랍게도 짭쪼름한 바다 맛이 났다.

#바람의 색깔

몽골 사람들은 바람에도 색깔이 있다고 말하지요. 고비의 바람은 무슨 색일까. 2박 3일 초원을 달려 고비에 도착했습니다. 저물 무렵, 고비의 바람은 하얀 바람. 사막에 조심스럽게 당신의 이름을 써 봅니다. 훅, 바람 불자 글자들이 바람과 함께 어디론가 사라져 버립니다. 아마도, 당신 마음 쪽으로 날아갔으리라 믿습니다. 바람이 지나간 자리, 당신이 나를 지나간 자리.

어딘가를 생각한다는 일은 어딘가를 지나가는 일인지도 모릅니다. 나는 지금 당신을 지나가는 중입니다. 하얀 초승달 목에 걸고 끄덕끄덕 낙타 한 마리, 흰 사막을 지나가고 있었습니다.

#가늠할 수 없는

길 위에서의 여러 날
머리를 감아도 초원 냄새가 났다.
신발을 벗으면 고비의 모래가 와르르 쏟아지곤 했다.
일행은 여럿이었으나 나는 오롯이 당신과 함께 길을 걸었다.
아득한 시계視界 속에서 자꾸만 길을 놓치곤 했다.
당신과 결별訣別한 지 세 계절이 지나고 있다.
그동안 바뀐 것이 있다면 서로 연락할 수 없다는 것. 하여
당신은 나를, 나는 당신을 가늠할 수 없다는 것.
그래서 차라리 우리는 서로 더 많은 것을 가늠할 수 있다는 것.

몽골 사람들은 고민이 있거나 위안이 필요할 때 엄마 바위를 찾아간다. 바위 주변에 보드카와 향, 우유, 그리고 하닥이라 불리는 실크 스카프를 올린 후 세 가지 소원을 빌며 바위 주변을 오른쪽으로 세 번 돈다. 혹은 바위 앞에 엎드려 한참 동안 바위와 이야기를 나눈다. 멀리서 바라보는 그들의 뒷모습은 너무도 절실해 차라리 경건해보인다.

부질없는 희망인 줄 알면서 엄마 바위에 펄럭이는 하닥에 이마를 대고 그에 소원을 빌고 말았다.

#나는 지금 국경으로 간다

매일 밤 9시 10분, 자정 12시 30분, 그리고 새벽 2시와 3시 울란바타르 역에서 출발하는 기차가 철거덕철거덕, 어둠을 긋는다. 그때마다 나는 낡은 벽에 혹은 창문에 귀를 대고 보이지 않는 기차를 그려 보곤 한다. 저 기차는 어디까지 가는 걸까? 이르쿠츠크나 울란우데, 그 너머 모스크

바. 그리고 멀리 있는 당신, 그리고 국경. 살며시 불러만 보아도 심장이 파르르 떨리는 단어들.

오늘, 나는 기차를 타고 국경으로 간다. 몽골과 러시아의 국경 도시 수흐바타르에 도착해 국경의 작은 마을 알탕블라그 가는 길, 택시 운전사가 국경에는 무슨 일로 가느냐고 물었다. 국경을 보러 가는 길이라고 답했다. 한국에서 3년 동안 목수 일을 했다던 오십 줄 그가 웃었다. "당신에게는 여기도 남의 나라 거기도 남의 나라인데 그곳을 뭐하러 가느냐, 국경은 잠시 거쳐 가는 곳일 뿐. 그곳에는 아무것도 없다."고 말했다.

어쩌면 나는 당신과 나를 나눠야만 하는, 보이지 않지만 존재하는 그 경계의 끝에 서 보고 싶었는지도 모른다. 기어이 확인하고 싶었던 것인지도 모른다. 경계는 단절이기도 하지만 또 다른 이어짐임을 믿고 싶었던 것인지도 모른다.

#몽골 탐닉

몽골에는 무엇이 있나요?
당신이 물었습니다
나는 머뭇거리다 답합니다

몽골에는 호수와 사막과 초원과 별이 있어요
그리고 오래전 나처럼 볼이 빨간 아이들이 있어요
그러면 당신은 고개를 갸웃거리며
그걸 보겠다고 그동안 그곳에 있었나요?

그 모든 풍경 속에 당신이 있었다고는
차마 말하지 못했습니다

#잠잠한 속도

게르를 나서는데
문 앞에 웅크리고 있던 시커먼 개 한 마리
슬그머니 따라 일어선다
난처한 내 표정을 읽은 주인이
씩 웃더니 두어 뼘 끈 하나 들고 개를 불렀다
터무니없이 짧은 줄로 무얼 하겠다는 걸까
주인은 개의 앞발을 끈으로 감았다
개는 절룩거리며 내 주위를 빙빙 돌았다
몽골에서는 살아 있는 것은 그 무엇도 묶지 않는다 했다

너무 빠르지 않게 너무 늦지도 않게
나는 개가 가까이 오기를 기다리면서
일부러 천천히 걸었다

#한 사람을 사랑했네, 한 풍경을 사랑했네

내가 꽃인 줄, 나비인 줄 알았던 그 시절들
미련스럽게도 그 시절들이 지금 나를 살게 해요

내가 당신의 좁은 미간에 입을 맞추자 당신은 살며시 눈을 감았습니다. 마치 온몸으로 나를 읽듯이, 나를 듣듯이 당신은 오래도록 눈을 감고 있었습니다
나는 당신을 한 장 한 장 꼼꼼하게 읽고 싶었습니다
몽골처럼 자유로웠고 몽골처럼 아름다웠던 당신
나의 모든 것이었던 당신
나의 모든 것은 몽골에서부터 왔어요
어떻게 사랑하지 않을 수 있을까요

#그대를 기다리는 일

눈이 내린다 해도 나의 길을 가련다

달빛 한 줄기로도 족하다

어둡고 막막한 기다림

어쩌면 간절함의 다른 이름

언젠가는, 드디어, 결국 올 봄

#역마, 살

사주에 역마살이 있다는 말을 처음 들은 날,

산양자리인 나는 이상하게도

심장이 평소보다 쿵쿵 크게 울렸다

이 복된 저주라니

평생 길 위를 방황하면서 사는 것도

나쁘지 않겠다는 생각이 들었다

몽골에서 최고의 욕은

평생 한 곳에서만 살아라

정착은 곧 죽음

칭기즈 칸은 죽기 전 이렇게 말했다지,

나를 매장한 뒤, 천 마리의 말을 몰고

무덤 위를 달려 흔적을 없애라

칭기즈 칸의 무덤은 찾을 수 없고

누군가는 그 무덤을 찾아 지금도 떠돌고 있다지

#아름다운 풍경들

예쁘고 아끼는 것을 곁에 두면 그 기운을 받아 원하는 형상에 가까이 갈 수 있다고 믿은 옛 사람들이 있었다. 송나라 때 오중원이라는 사람은 글을 쓸 때마다 미인에게 먹을 갈도록 했다지. 그러면 그 먹에서 아름다운 향기가 났다지.

좋아하는 것들을 풍경처럼 옆에 두고 나는 하루하루를 견딘다. 여행지에서 주워 온 작은 돌 한 개, 들판에서 꺾어 온 들꽃들, 마른 자작나무 껍질, 소읍 우체국에서 산 우표와 엽서들, 그리고 그리운 당신의 사진 한 장. 그렇지 않았다면 이 멀고 낯선 땅에서 나는 점점 시들어 갔을 것이다. 나에게 닥친 이 당혹스러운 현실을 스스로 납득하기 위해 나는 세상에서 가장 아름다운 풍경들을 오래오래 들여다보았다.

#물들다

함께 지낸 시간보다 함께 있는 동안 서로에게 얼마나 정직했는지가 중요하다.

조심하지 않으면 언제 깨질지 모르는 질그릇 같은 관계란 얼마나 상처받기 쉽고 허무하고 쓸쓸한가.

뼛속까지 환한 저 강, 겨울로 가는 나무들.

이 가을, 나무는 가을 강에 물들고

나는 너에게로 물든다.

#당신에게 가는 길

길을 가다 보면
길이 끝날 것만 같은 불안함
그러나 뒤돌아보면 늘 뒤에 길이 있었다
이미, 지나온 길
길 끝에 길은 있었다
오직 그 길에서만 만날 수 있는 것들이 있었다

수많은 갈래의 길 중 단 한 곳을 택해야 한다면
나는 당신에게로 가는 길을 택하겠습니다
나는 지금 당신에게 가고 있습니다

#날아라 사슴돌

무릉이라는 도시에서 서쪽으로 20㎞쯤 가면 오시깅 으브르(Uushigiin Uver)라는 작은 마을이 나온다. 마을이라 하지만 게르 몇 채가 있을 뿐 넓은 들판이다. 텅 빈 들판, 그러나 자세히 보면 여기저기 흩어져 있는 사슴돌을 만날 수 있다. 청동기 시대 유물인 이 사슴돌은 사실 묘지가 있던 자리를 표시한 것들이다. 사슴돌에는 사슴 문양 뿐만 아니라 다양한 무늬들이 새겨져있다. 고대 유목민들은 죽은 이후 영혼이 이승을 떠날 때 사슴을 타고 하늘로 올라간다고 믿었다. 전 세계에 약 700여 개의 사슴돌이 있다고 들었다. 이 중 500여 개가 바로 몽골에 있다는데 그 중 사슴돌이 가장 많은 곳이 바로 오시깅 으브르다.

사슴돌 속 그림들은 대지와 하늘을 연결시켜주는 하나의 신

호인 것이다. 사슴돌 아래 앉아 사슴을 타고 하늘로 올랐을 오래된 죽음에 대해 생각한다.

아주 오래전, 게세르 버드크 왕은 여러 날, 여러 달이 걸리는 아주 먼 산으로 사냥을 떠났다. 이를 알게 된 검은 괴물이 게세르 왕의 집을 찾았다. 살금살금 게세르의 집을 향해 다가갔다. 그때 집 앞에서 놀던 양과 염소 떼가 놀라 산으로 뛰어 달아났다. 검은 괴물은 푸른 이리로 변해 침을 질질 흘리며 이들을 쫓아갔다. 푸른 이리가 가축들을 거의 따라 잡으려는 순간, 양과 염소는 훌쩍, 바위 속으로 들어갔다.

#호수를 찾아가는 길

참바가라브 산(해발 4,208m)에 있다는 호수를 찾아가다가 길을 잃었다. 몽골은 모든 곳이 길이지만 정해진 길이 없다. 길이 있지만 길이 없다는 말과도 같다. 바위산을 지나고 거친 들판을 지나 무작정 가다 보니 드문드문 섬처럼 떠 있는 게르가 보였다. 지도에도 없는 그곳엔 설산을 배경으로 차강체첵(에델바이스)이 하얀 양탄자처럼 깔려 있었다. 게르 앞에서 놀고 있던 사내아이와 여자아이가 들꽃처럼 반갑게 손을 흔들었다. 나는 가방에서 색연필과 그림 동화책을 꺼냈다. 그림책을 받은 여자아이가 냉큼 게르 안으로 들어갔다가 엄마로 보이는 여자의 손을 잡고 나왔다. 그때 멀리서 말을 타고 할아버지가 돌아왔다. 그들은 낯선 나를 게르 안으로 불러들여 수태차를 한 잔 따

라주었다. 손수 구운 빵과 잘 마른 치즈도 떼어 주었다.

몽골 여행에서는 길을 찾는 경우가 절반이고 길을 잃는 경우가 절반이다. 그러니 길을 잃는다는 것은 길을 찾는다는 말과도 같을 것이다. 산속 호수를 찾아가는 중이라는 내 말에 마음이 놓이지 않았는지, 할아버지가 일어나 말을 타고 앞장섰다. 그 뒤로 열 살 난 사내아이가 능숙하게 말에 올라타며 환하게 웃었다. 멀리 설산이 지는 해를 받아 반짝, 빛났다. 그 아래로 세상에서 가장 아름다운 두 사람이 말을 타고 걸어 들어가고 있었다.

나는 이미 호수를 건너가는 중이었다.

#천상의 화원

알타이 타반복드 국립공원. 중국과 러시아, 몽골이 만나는 지점에 있는 알타이 산맥의 최고봉. 오늘은 다섯 개의 봉우리라는 뜻의 타반복드에 올랐다. 해발 4,734m. 그동안 의 여행 중 몽골의 가장 높은 곳에 서 있다. 수십 개의 크고 작은 호수와 초원을 지나고 황량한 들판과 바위산을 지나 도착한 이곳.

멀리 만년설을 이고 있는 설산과 장대한 포타니 빙하가 보이고 가까이에는 온갖 들꽃이 가득한 이곳을 천상의 화원이라 불러도 좋겠다.

#보드카와 밤

추운 나라 사람들은 보드카를 즐겨 마신다. 독한 술을 마시면서 추위를 견디고자 한 것일까?

9월 28일 울란바타르에 첫눈이 내렸다. 구월에 내리는 눈이라니.

드디어 보드카의 계절이 돌아온 것이다. 나는 냉동실에 있던 보드카를 꺼냈다. 좁장한 창문 너머로 춤추듯 내리는 눈을 안주 삼아 보드카를 홀짝였다. 무색무취의 보드카는 달콤할 지경이었다. 40도의 뜨거움이 목울대를 타고 몸속으로 천천히 퍼져 나가는 그 기분이 좋았다.

나의 그리움이나 욕망의 온도는 몇 도나 될까? 밤이 점점 길어지고 있다. 그만큼 혼자 견뎌야 하는 시간이 길어진 것이다. 그만큼 너를 생각하는 시간이 길어졌다는 것이다.

#홉스골(Hovsgol)

갑자기 쏟아지는 비는 길을 강으로 만들고 강은 몸 뒤척여 몸빛을 바꾼다. 그러다가 다시 말짱한 얼굴을 한 하늘에 구름 떼들이 날아다닌다. 몽골의 날씨는 하나님도 모른다지.

몽골의 푸른 진주라 불리는 홉스골은 겨울이면 어린아이 키만 한 두께의 얼음이 얼어 호수를 횡단할 수 있다. 가끔 얼음 위를 건너던 차가 호수 위에서 사라지는 일도 생긴다고 한다.

АЛАГ
ЦАР
Кемп
30км
ДАМ НУРУУ ХУГАРСАН, ТУЛГУУР
ХАЗАЙСАН ТУЛ ХҮНД ДААЦЫН
МАШИН ЯВАХЫГ ХОРИГЛОНО.
/ 3 ТН-ООС ДЭЭШ /

#발자국 조드(Dzud)

초원의 사람들이 가장 피하고 싶은 말 중에 '조드(dzud)' 라는 말이 있다. 우리말로 하면 '자연재해' 쯤 되겠다. 겨울이 긴 몽골에서는 사람이나 가축이나 겨울을 나는 것이 중요하다. 폭설과 맹렬한 추위가 길어지면 사람은 추위와 영양부족으로 힘들고 가축들은 먹이를 구할 수 없게 된다. 어느 해인가 몽골에서는 30년 만에 큰 조드가 찾아와 어마어마한 가축들이 죽은 적이 있다 했다. 초원의 사람들 역시 초원을 버리고 도시로 몰려

들어 도시 빈민으로 살아가고 있다는 이야기도 들은 적이 있다. 누군가는 봄날 얼음이 녹는 강을 건너가다가 죽은 말의 다리를 밟은 적이 있다고도 했다.

폭염과 폭설로 인한 조드뿐만이 아니라 발자국 조드도 있다.

초원의 사람들은 가축들과 함께 물과 풀을 찾아 이동을 한다. 강줄기 주변이나 우물 주변은 온통 살아 있는 것들의 발자국으로 가득 찬다. 발자국에 밟혀 풀들이 죽고 초원은 서서히 죽어 간다. 염소들은 풀의 뿌리까지 뽑아먹는다. 발자국 조드가 생기는 순간이다.

자동차가 한 길로 수백 수천 번 다니다 보면 결국 그 땅은 서서히 죽어 간다. 그래서 초원의 사람들은 한 길로만 다니지 않는다. 초원에 수없이 많은 길들이 있는 이유는 그 때문이다.

내 마음에 난 한 길을 이제는 지우기로 한다.

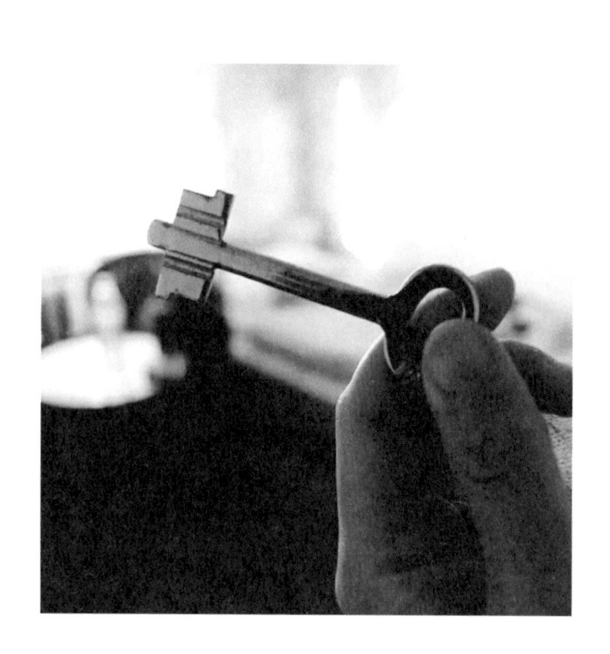

#바야르타이 미니 하이르(안녕, 내 사랑)

안녕 내 사랑

이 말은 때로 세 가지 의미로 읽히지

이별

안부

사랑

슬픈 안녕

기쁜 안녕

사랑스러운 안녕

이제는 안녕

지금도 안녕

여전히 안녕

문을 열고

문을 닫고

해석은 각자의 몫

#하늘과 바람과 별과 게르(Ger)

초원을 달리다 보면 낯선 섬처럼 떠 있는 하얀 게르를 볼 수 있다. 낮에는 초원에 뜬 섬과 섬을 이정표 삼아 길을 갔고 길을 잃은 어두운 밤에는 게르 천창으로 새어 나오는 가물가물한 불빛을 따라가 하루를 묵기도 했다.

몽골 초원의 사람들이 버드나무 가지와 펠트로 만든 게르를 해체하는 데는 30분이 채 걸리지 않았다. 마찬가지로 게르를 다시 세우는 시간도 30분이면 족하다. 살림살이 역시 많은 가족이 살기에 놀라울 정도로 단출하다. 하늘과 땅과 신을 위한 제단 하나, 집 안을 덥혀 줄 난로 하나, 솥단지 몇 개, 가끔 세상과 연결시켜 주는 텔레비전이나 라디오 한 대면 충분하다.

초원의 사람들은 가축에게 풀을 먹이기 위해 초원의 풀을 따라 적어도 1년에 4번 이사를 한다고 한다. 그러니 초원의 아이들은 자연스레 어렸을 때부터 바람과 하늘과 초원과 구름을 읽어 내는 방법을 배우며 자란다.

그들은 한곳에 오래 머무르지 않는다. 둥근 우주를 짊어진 채 저들은 어디로 가는 것일까. 길 가다 마음에 드는 초원 어디쯤

을 만나면 다시 거대한 집 한 채 세우겠지.

언뜻 보면 게르는 바람에 날아갈 듯 불안하고 불편해 보인다. 그러나 실제로 게르에서 잠을 자 본 사람이면 생각했던 것보다 쾌적하고 따뜻함에 놀랄 것이다. 여름에는 둘러 싼 양털로 만든 펠트를 들어 올려 바람이 통해 시원하고, 겨울이면 펠트를 여러 겹 둘러서 따뜻하다. 거기에 난로까지 피운다면 후끈한 찜질방은 저리 가라다.

게르의 천장 중앙에는 난로의 연기가 나가는 구멍인 터너가 있다. 이곳은 게르에서 유일하게 태양빛이 들어오는 통로이다. 태양빛 뿐만 아니라 밤이면 하늘과 별과 바람이 드나든다. 초원의 사람들은 이 공간을 통해 인간과 하늘이 연결되고, 신이 드나든다고 생각한다.

게르에 누워 오래오래 밤 하늘 별을 바라본 적이 있다. 어느 한곳에 정착하고자, 집 한 채 갖겠다고 생의 절반을 낭비해 온 내 생이 쓸쓸한 날이었다.

#야생 사과처럼

우체국 가는 길에 아주 작은 야생 사과를 만났습니다. 바지에 쓱쓱 문질러 한 입 베어 무니 시큼달큼한 야생의 맛.

초원의 바람을 왈칵 베어 물고 또각또각 걷는 길, 야생 사과처럼 단단해지고 싶은 그런 날이었습니다.

#등을 내어 준다는 것

고향이 충청도 산골인 나는 고개 두 개를 넘어 초등학교에 다녔다. 초등학교 2학년, 눈이 무지하게 내린 날이었다. 어머니 표현대로라면 한 자(현재 단위로 30㎝로 성인 남성 무릎 아래 즈음의 높이)는 족히 내렸을 것이다. 친구들과 학교 운동장에서 눈싸움을 하다 지쳐 가방을 메고 간신히 고개를 오르는 어린 나. 그때 빡빡머리 중학교 3학년이었던 셋째오빠가 다가와 등을 내밀었다. 오빠의 등에 업혀 집으로 가는 나를 부러운 듯 쳐다보던 동네 친구들, 아. 나는 그날 오빠가 얼마나 자랑스럽고 든든

했던가(언젠가 내가 이 일을 오빠에게 말하니 전혀 기억나지 않는다 했다. 나는 그날 오빠가 입고 있던 옷 색깔까지 기억하고 있는데. 역시 사람은 자기가 기억하고 싶은 것만 기억한다).

갑자기 내린 비로 불어난 테를지 강가, 하교하는 아이를 업고 강을 건너는 아비의 뒷모습을 보고 있자니 울컥, 따뜻한 눈물이 났다.

사랑은 때로 저렇게 말하지 않아도 드러나는 법.

#풍경들

2003년 7월, 옥탑방 전세금을 빼서 처음 몽골에 갔을 때 울란바타르 버스터미널에서 만난 악사.

한참을 쭈그리고 앉아 같이 손벽을 치며 연주를 들었던 먼 옛날의 기억들. 이후로 몽골을 갈 때마다 이곳을 찾아갔으나 그들을 만날 수는 없었다. 지금은 사라지고 없는 풍경들.

#비밀의 사원, 옹긴 히드

내가 다음 목적지를 말했을 때 운전기사는 "아무것도 없는 곳에 왜 가느냐"고 물었다. 초원과 사막과 거친 바위산을 지나 옹긴 히드(Onjiin Khiid)에 도착했다. '옹긴'은 몽골말로 '태양'을 의미하니 이곳은 태양의 사원이라 할 수 있겠다. 사원은 낮은 산과 바위로 둘러싸여 있고 멀리 긴 강이 흐르고 있는 이곳에는 한때 1,000여 명의 스님이 모여 살았다 한다. 그러나 사원은 1937년 스탈린주의자들에 의해 파괴를 당하고 만다. 스탈린주의자들이 세계사에서 유례를 찾아볼 수 없을 정도로 철저하게 몽골의 불교를 탄압한 것은 그만큼 몽골이 대단한 불국토였다는 반증이기도 하다. 13세기 아시아와 유럽을 하나로 묶었던

몽골제국의 영광은 14세기 중엽부터 서서히 기울었으나 몽골인들의 정신은 한없이 진화하였다. 오늘날의 티베트 사람들처럼 거의 전 국민이 부처님 길을 걸으면서 평화로운 불국토를 일구었던 것이다. 이후 청나라의 지배를 받다가 1921년 소련의 원조 아래 몽골은 독립을 한다. 그러나 소련은 불교적인 사상에 길들여진 몽골인들을 마음대로 하지 못하자 1930년대 중반부터 대대적으로 불교를 탄압하기에 이른다. 그때 대부분 사원은 무너지거나 사라지고 없다. 옹긴 히드 역시 사원 벽에 걸린 사진으로 옛날을 짐작해 볼 뿐이다. 웅장했던 사원은 조각조각 흩어져 뒹굴고 있었다. 다행인지 불행인지 사원은 몇몇 스님에 의해 한

창 복원 중이었다.

그럼에도 초겨울 저녁 무렵 폐사지는 고요하고 한적하다 못해 적막하고 쓸쓸했다. 여행철이 지나기도 했거니와 대부분 여행자들은 고비에 들렀다가 이곳을 지나쳐 가기 때문이다. 바람에 뒹구는 사원의 흔적들을 몇 개 집어 한곳에 모아보았다. 부질없는 짓인 줄 알면서.

멀리 산 위에서부터 천천히 노을이 풀어지고 있었다. 사원에 머루알 같은 어둠이 내리기 시작했다. 저녁의 폐사지는 아주 오래된 비밀을 품고 있는 것 같았다. 일행 중 한 명이 게르에서 보드카를 들고 나왔다. 나는 기꺼이 이 신성한 사원 한편에 자리를 잡고 보드카를 삼켰다. 텅 빈 곳에서 느끼는 이 꽉 찬 충만감을 오래오래 간직하고 싶었다.

#환한 웃음

초원에는 이제 말보다는 오토바이를 타고 다니는 사람들이 더 많아졌습니다. 울퉁불퉁한 길이 사라지고 초원을 가로지르는 반듯한 길이 생긴 곳도 많았습니다.

몽골 하면 초원과 양떼, 그리고 말을 타고 그 뒤를 따르는 듬직한 목동을 제일 먼저 떠올렸다며 함께한 친구는 씁쓸한 표정을 지었습니다.

그때, 멀리서 오토바이 한 대가 이쪽을 향해 달려오고 있었습니다. 덩치 큰 몽골 남자와 여자, 분명 둘이었는데 가까이 다가왔을 때 보니 그 둘 사이에 아이들이 앉아 있었습니다. 이토록 환한 웃음을 본 적이 없습니다. 바람을 가르는, 초원을 가르는 다섯 명의 자연을 보고 친구와 나는 마주 보고 웃었습니다.

#하루

호수가 내다보이는 게르에 앉아 게으르게 하루를 보냈다. 바람이 불 때마다 색을 바꾸는 호수의 물빛을 종일 들여다보다가, 장작이 타닥타닥 타들어 가는 소리를 들으며 혼곤히 잠에 빠져들기도 했다. 그러다 깨어나면 호수에 어둠이 물들고 있었다. 어두워져 가는 호수는 아름다웠다. 어둠을 가만히 지켜보다가 사는 것이 문득 너무나도 거칠다는 생각에 울컥 눈물이 났다. 어쩌자고 나는 이 먼 곳까지 와서 이러고 있나, 이곳이 과연 옳은 선택이었는가는

묻지 않으련다. 이도 내 생 속에 이미 정해져 있는 것이라면 묵묵히 견디고 받아들이는 수밖에 없음을 안다.

당신에게 너무 가까이 다가가는 것이 두려워, 멀어지는 것이 두려워 나는 이 먼 곳까지 온 것이다. 소중한 것은 두 번 다시 찾아오지 않는다지. 멀리 있는 것을 담으려면 가까이 다가가는 수밖에 없다. 가서 내가 먼저 닿는 수밖에 없다.

#볼 빨간 몽골의 아이들

먼 길 가다 만난 꼬마,

반가움에 서둘러 주머니에서 사탕과 풍선을 꺼내 건네고 돌아서는 길.

미안해.

네 바지에 구멍이 난 줄도 모르고 카메라를 들이댔구나.

#맨발의 소년

빙하가 녹아 호수가 되고
호수는 흘러 눈 맑은 아이들이 되고
아이들은 자라 초원을 가르는 바람이 되고

동생에게 신발을 양보하고 초원으로 놀러 나온 아이
그 손을 꼭 잡은 동생
십 년이 넘은 지금은 잘 생긴
말을 닮은 청년이 되어 있겠지

#운전기사, 엥케

여행 20일 만에 우리는 기사 엥케에게 딸 둘 아들 하나가 있다는 걸 알았다. 큰딸은 12살. 막내는 2살. 어쩐지 고향 홉드로 가는 날, 이른 아침부터 짐을 차로 나르고 부산을 떠는 엥케를 보면서, 어쩌면 오늘 넷째가 생길지도 몰라. 라고 말했다. 그럼 그건 우리 탓일까 우리 덕분일까?

나는 지금 홉드라는 도시를 지나 울기에 와 있다. 울란바타르에서 서쪽으로 2,500km 떨어진 이곳은 울란바타르와 시차가 한 시간이 난다. 카자흐스탄과 가까운 탓에 이슬람권인 중앙아시아와 비슷한 분위기가 났다. 도심 곳곳 간판도 카자흐어, 키릴어가 씌여 있다. 불교를 믿는 몽골의 타 지역에서 볼 수 없던 이슬람 사원이 조금은 낯설면서 반갑기도 했다.

내일은 타반복드라 불리는 설산에 가기로 한 날이다. 그러나

국립공원인 이곳은 허가증이 있어야 갈 수 있다는 것을 울기에 도착해서야 알았다. 몽골과 러시아, 중국의 국경에 걸쳐 있는 곳으로 경비가 삼엄하다는 것이었다. 하긴, 거개가 여행사를 통해 이곳에 오니 개인이 미리 준비할 일이 없었겠지. 다행히도 캠프장 주인인 카자흐 민족 젊은이가 토요일 밤 10시가 넘은 시간에도 친절히도 허가증을 받아다 줬다.

엥케는 고향과 가까운 곳에 있어서일까 종일 힘이 넘치고 즐거운 표정이다. 우리보다 사진을 더 자주 찍고 멋진 풍경들이 펼쳐지면 구경을 하느라 시속 40으로 차를 몰았다.

알타이 산맥을 배경으로 펼쳐진 작은 도시 울기의 허름한 숙소에서의 첫날, 나는 달과 별이 너무나 아름다워 오래오래 창문가를 서성였다.

#못 씻어도 괜찮아

몽골 여행지에서는 되도록 빨래를 하지 않는다. 어쩐지 캠프 주인의 눈치가 보이기 때문이다. 몽골 사람들은 평생 한두 번 씻는다는 말을 들은 적이 있다. 한 바가지의 물로 세수를 하고 양치를 해야 하는 판에 빨래라니. 여행자들 사이에서는 물티슈 한 장이면 세수가 가능하고 두 장이면 목욕도 가능하다는 말이 나돌 정도다.

그러나 몽골에서 물이 귀한 것은 강이나 호수가 없어서가 아니다. 오래전부터 몽골사람들은 물을 아주 소중하게 다뤘다. 강이나 호숫가에서 빨래를 하거나 방뇨 등 물을 더럽혔을 때는 현장에서 처형을 했다고 전한다. 지금도 몽골 사람들은 강이나 호수에서 빨래를 하거나 물을 더럽히는 행동을 하지 않는다. 물에 대한 그들의 사랑은 놀라울 정도다. 오래전 홉스골 호수에 처음 갔을 때 일이다. 외국인 한 명이 호수에 들어가 목욕을 하는 것이었다. 주변의 몽골 사람들은 깜짝 놀라 그 자리에 서서 기도를 하는 것을 본 적 있다.

한적한 캠프장에 도착해서야 모래가 서걱이는 몸을 빨고 밀린 빨래를 한다. 게르와 게르 사이에 줄을 매고 빨래를 널고 나니 숙제를 끝낸 기분이다. 마당에 자리를 펴고 누운 나는 빨래와 함께 짱짱한 햇빛과 모래바람을 맞으며 기분 좋게 말라 갔다.

#꽃의 주름

여행을 떠나기 전, 제일 먼저 지도를 펼쳐 놓고 가고 싶은 곳을 표시한다. 길과 길을 잇는 그 순간, 목적지와 목적지를 잇는 그 순간의 흥분과 떨림. 선은 단지 허공에 그어 대는 것에 불과하지만 그 순간 나는 이미 그곳에 서 있다.

사람들은 몽골 여행에서 가장 필요한 것이 뭐냐고 묻곤 한다. 그럼 나는 이렇게 답한다.

먼저, 다음을 체크해 주세요.

하나, 여행 기간 내내 몽골 유목민이 되어 살아 보겠다는 단단한 의지.

두울, 하루쯤 씻지 못한다 해도, 가끔 전기가 끊겨도, 게르의 난로가 잠깐 꺼져도, 휴대폰이 연결되지 않더라도 괜찮다는 긍정적 마인드.

세엣, 갑작스러운 폭우로 길이 사라져도 시간을 즐길 수 있는 인내와 이해.

사실, 몽골 여행에 꼭 필요한 것은 없다.

여행이라는 말은 '고통, 고난, 혹은 춤추다, 뛰다' 라는 말에서 왔다지. 고통과 행복을 한꺼번에 가진 매력적인 말

여. 행.

여행은 굽어진 마음, 흩어진 마음 곱게 다듬고 펴고 모으는 일,

여행은 가만히 지켜보는 것,

여행은 받아들이는 것,

여행은 내어 주는 것,

여행은 떠나가는 것,

여행은 결국 돌아오는 것.

한 송이 꽃의 비밀에 대해 오래 생각하는 밤.

여행은 꽃의 비밀이라고 썼다가, 꽃의 주름이라고 바꿔 본다.

#안부

너 지금 잘 있는 거지?

그래, 나도 잘 있어

떠나오니 다시 그리운 그곳

이 밤, 나는 지금도 너를 생각해

그래서 우리는 조금 덜 아프고 덜 쓸쓸할 거야

그러니 너도 부디 잘 있어

#풍경은 하나, 와 순간에서 시작되고 완성된다

강은 바람과 닮아 있고

바람은 빛을 닮았으며

빛은 초원의 꽃과 닮았고

초원의 꽃은 호수와 닮았으며

호수는 사막과 닮았고

사막은 바람을 닮았으며

바람은 강을 닮았다

그러므로 나의 언어는 다른 언어를 암시한다

#있다와 없다

무엇인가가 있었다는 것을 기억하고 그것이 지금 없어졌다는 것을 알아차렸을 때에만 '그것이 없다' 라고 말할 수 있다. 따라서 '없다' 라는 것은 '있었다' 는 기억을 가지고 있기에 가능하다. "이젠 잊어야지, 없어졌어. 그러니 이제는 더 생각하지 말자."라는 다짐은 얼마나 허망한 것인가. 다짐 자체가 이미 없어진 것을 마음에 각인시키는 것임을. 바람이 모래에 새긴 흔적을 잡으려 하는 것과 같은 것임을.

그럼에도 오래전 일들, 지난 일들에 갇힌 내 마음을 꺼낼 수 있는 사람은 바로 나라는 것.

#힘내십시오

이번 여행에서 만난 운전기사 엥케는 마흔 살, 세 아이의 아빠. 울란바타르에서 2,500킬로 떨어진 작은 도시 홉드가 고향인 시골 청년이다.

나 한국말 몰라요, 그래 놓고 갑자기 식사시간에 처먹어, 라고 말해 그야말로 식탁을 뒤집어 놓던 엥케.

친구들처럼 한국에 가서 돈을 벌어 도시에 집 한 채 장만이 꿈인 엥케는 주머니에 손바닥만 한 『고용한국어』 책을 넣고 다녔다. 밤마다 몇 단어씩 외어 다음 날 불쑥 말을 꺼내 우리에게 아낌없는 칭찬을 받으면 휘파람을 불어댔다. 가령, "맛있게 드십시오, 감사합니다, 안녕히 주무십시오" 세상에서 가장 따뜻한 말들.

여행 마지막 날 악수까지 마친 엥케가 차에 오르더니 움직이질 않는다. 무슨 일이 생긴 걸까? 나는 차가 떠나길 기다리며 손을 흔들었다. 십여 분이 지났을까, 차에서 고개를 쑥 내밀더니 덩치 큰 엥케가 외친 말. 힘내십시오. 왈칵, 참았던 눈물 쏟게 한 그 말.

#다짐

먼 곳에 대한 사랑은 때로
황금빛 나뭇잎을 뚝뚝 울게 했다

그때의 슬픔은 지금 곁에 둘 수 없다
그때의 슬픔은 나에게 아무것도 가르쳐 주지 않았다

그것이 슬프다

나는 더 이상 슬퍼하지 않기로 했다

Epilogue

나는 이제 집으로 가는 길을 알 것 같습니다

풍경수집가로 살았던 몽골에서의 날들이 한 장 한 장 펼쳐집니다. 이후 몇 번의 몽골 여행, 늘 새로운 것을 찾아 떠났지만 사실은 이미 존재해 있는 것을 찾아 떠난 날들이었습니다. 그러나 그때마다 내 심장은 새로워지곤 했습니다. 그 속에서 나의 생은 충분히 아름다웠습니다. 길 위에서 꽃과 구름의 말을 배우고, 바람의 표정을 읽는 법을 배웠습니다. 숲 속의 길은 결국 나무 한 그루로 향해 있으며 사막의 길은 결국 모래 한 알에 가 닿는 것을 알았습니다. 초원의 길은 결국 풀잎 한 장으로 통한다

는 것을 알았습니다. 몽골은 나에게 시이자 사랑이자 이별이자 만남이었습니다.

몽골의 오래된 말 중에 "최고의 행복이란 한 해를 마무리할 때, 이전의 자신보다 조금이라도 더 나아졌다고 느끼는 것"이라는 말이 있습니다. 나는 이제 세상 속으로 들어갈 수 있을 것 같습니다. 그리고 나는 고단한 생에서의 싸움에서 도망쳐 온 것이 아니라 더 잘 싸우기 위해 떠나온 것임을 알았습니다.

바야를라, 몽골! 바야를라, 당신! 안녕 몽골, 안녕 당신.

이곳에도 곧 봄이 오겠지요. 당신과 내 삶에도 곧 화사한 봄이 오겠지요. '이곳' 은 다시 '저곳' 이 되겠지요. 내게 봄을 선물해 준 몽골의 수많은 풍경과, 함께한 다정한 인연들에게 꽃을 전합니다.

나는 이제 집으로 가는 길을 알 것 같습니다.

추천사

읽어서 울 수 있고,
울 수 있기에 행복을 느낄 수 있는

담딘수렌 우리앙카이*

시를 쓰는 것, 서정적 에세이를 쓰는 것은 무척 어렵고도 고통스러운 일이다. 하지만 쉬울 때도 있다. '쉽게 써지는 행복이 있구나' 라는 생각이 들 정도로 쉬운 일로 여겨지기도 한다.

무엇보다 포토에세이를 쓰는 일은 어렵다. 잘 써지지 않고, 마음에서 글이 생겨나지도 않고, 살아나지도 않고, 때론 숨어버리기도 한다. 시인이 행복할 때는 포토에세이가 잘 써지려고 모래사막처럼 급하게 울기도 하고, 산등성이의 바람처럼 흘러나오고, 저절로 펜이 움직이게 되는 순간이 찾아올 때다. 이렇게 글이 시작되면 무척이나 쉽게 써지고, '남이 쓰지 못한 것을 해낸' 느낌을 갖게 된다. 이처럼 어려움을 이기기는 어려운 법이다.

강회진 시인은 바로 이런 어려움을 이겨낸 작가다. 몽골이라는 나라와 문화와 자연의 숨은 아름다움을 깊이 포착해낸 사람

• 담딘수렌 우리앙카이(Damdinsuren Uriankhai) : 세계예술문화 아카데미 회원, 문학박사, 제1회 아시아문학상 수상자

의 마음이 포토에세이의 구절과 행과 문장에서 여름 홍수처럼 힘차게 흘러나온다. 흘러나올 때는 빠른 속도로 휘몰아치기도 하고, 직선으로 흐르지 않고 고요하게 소용돌이를 일으킨다. 흐르고 흘러서 사라지거나 지나쳐가지 않고 마음의 뿌리 깊숙이 스며든다. 그리고 '마음의 풀', '마음의 눈물', '마음의 한숨'이 되어서 다시 자라나고, 결국엔 '마음의 무지개'로 뜨고야 만다.

강회진 시인의 마음의 무지개는 하늘에 뜨는 무지개보다 훨씬 밝고 뚜렷하다. 하늘의 무지개보다 훨씬 높이 뜨고 오래 머물러 있는 것처럼 보인다.

나는 사람이란 원래 남의 나라, 타국인을 자기 자신처럼 이해하고 사랑하기에는 참으로 어렵다고 생각한다. 그런데 강회진 시인은 몽골의 이해하기 어려운 것들을 잘 이해하고 있다. 심지어 몽골 사람들이 잘 느끼지 못한 숨은 아름다움까지 아주 잘 느끼

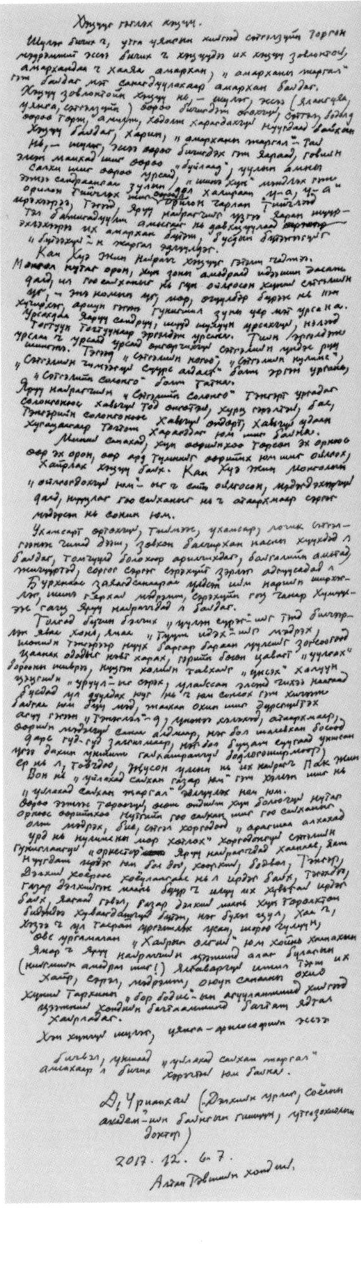

고 있다. 참 신기한 사람이다. 나는 시인의 그런 점이 참 부럽기조차 하다. 단지 어린 아이들에게만 남아 있을 뿐, 어른들은 벌써 망각해버린 동물들의 야생성, 새들이 간직한 태초의 세밀한 느낌을 감각하는 실력은 시인들에게만 남아 있는데, 강회진 시인은 바로 이런 특출한 감각을 지니고 있다.

'구릉을 지나가는 구름을 양떼와 염소들이 뜯는 것을 느끼는 것', '뻥 뚫린 하늘의 별들을 보는 것', '게르에 툭툭 떨어지는 빗소리의 아름다움을 느끼는 것', '발바닥을 뽀뽀해주는 꽃의 다정한 입술을 느끼는 것', '달궈진 사막에 귀를 대고 남이 듣지 못하는 무언가를 들으려 애쓰는' 어린 개구쟁이 소녀 같은 강회진 시인의 순수하고 거룩한 행동이 나는 사실 너무도 부럽다. 강회진 시인의 글을 읽노라니, 나는 깊은 한숨을 쉬게 되고, 심지어 빨리 자리에서 일어나서 술을 한 잔 마시고 싶은 생각마저 든다. 한편으로는 다시 자리에 앉아서 읽었던 글을 또 한 번 읽어보고 새삼 놀라고 글이란 무엇인가 고민한다. 쉽게 말하자

면, 조선의 연암 박지원이 '울기에 좋은 곳' 이라고 말했던 것처럼 강회진 시인의 포토 에세이집은 나에게 '읽어서 울 수 있고, 울 수 있기에 행복을 느낄 수 있는 책' 이 된 것이다.

자신의 고향이 아닌 다른 나라에서 고향의 아름다움을 발견하고, 아름다움을 느끼고, 아름다움에 마음이 끌리고, 사막에서 너무도 외로워서 때로는 뒷걸음질로 걸으면서 앞에 찍힌 눈물 발자국을 바라보는 시인의 슬픈 '마음의 오케스트라' 는 어디에서 어떻게 오는 것일까? 하늘에서 혹은 대지에서 오는 것이리라. 몽골의 거대한 대지라면 더 풍부하게 오는 것일 게다. 왜냐하면 대지는 인간에게 떼려야 뗄 수 없는 물(水)적인 것, 돌(石)적인 것, 풀(草)적인 것의 '요람' 이기 때문이다. 모든 대지의 모든 시인들의 마음도 마찬가지일 것이다.

누군가가 포토에세이를 쓰게 된다면 강회진 시인처럼 '울기에 좋은 행복' 을 느낄 수 있게끔 써야 할 것 같다.

번역 : 두게르자브 비지야(Dugerjav Biziya, 단국대학교 몽골어학과 교수)

했으나
하지 않은 날들이 좋았다
몽골이 내게 준 말들

초판 1쇄 찍은 날 2017년 12월 30일
초판 2쇄 찍은 날 2018년 5월 17일

지은이 강회진
펴낸이 송광룡
펴낸곳 문학들
주소 61489 광주광역시 동구 천변우로 487(학동) 2층
전화 062-651-6968
팩스 062-651-9690
메일 munhakdle@hanmail.net
블로그 blog.naver.com/munhakdlesimmian
등록 2005년 8월 24일 제 2005 1-2호

값 13,000원
ISBN 979-11-86530-46-7 03800

·이 책은 2017년 한국문화예술위원회·광주광역시·광주문화재단의 문예진흥기금 일부를 지원 받아 발간되었습니다.